# L'ESPRIT

## DE

# CONTRADICTION

## COMEDIE.

### Par M. du F***.

**A PARIS,**
Chez la veuve de CLAUDE BARBIN,
au Palais, sur le Perron de la
Sainte Chapelle.

<hr>

**M. DCC.**
Avec Privilege du Roy.

# ACTEURS.

Monsieur ORONTE.
Madame ORONTE.
LUCAS, Jardinier.
ANGELIQUE, fille de Monsieur
Oronte.
VALERE, Amant d'Angelique.
Monsieur THIBAUDOIS.
Le NOTAIRE.
Un LAQUAIS.

*La Scene est à une Maison de Campagne.*

# L'ESPRIT

## DE

## CONTRADICTION.

## SCENE PREMIERE.

### ORONTE. LUCAS.

LUCAS *en colere.*

Orgue' de la contre-diseuse, & de sa contredi-tion.

ORONTE.

Là, là, doucement.

### LUCAS.

Non , Monfieur , je ne peu pu duré avec l'efprit de Madame voie femme.

### ORONTE.

Il faut l'excufer , car l'efprit de contradiction luy eft naturel.

### LUCAS.

Qua vou conterdife tou fon fou, vou qui étes fon mari , ça eft naturel ça , mais y n'eft pas naturel qu'a vienne conterdire mon jardin.

### ORONTE.

Patience , Lucas, patience.

### LUCAS.

Tou franc je n'aime point à être Jardinier là où li a des femmes , car eune femme dan eun jardin fait pu de degât qu'un millier de Taupes.

### ORONTE.

Tu as raifon , & ma femme a tort.

### LUCAS.

Al arache ce que j'ay planté , a

replante ce que j'ay arraché, quand je grefe du Bon-Crequin, a di que c'eft de la Bargamote ; là où j'ay planté des Choux, a veut qu'il y vienne des Raves, n'y a rien don a ne s'avife pour alé à rebours de moy ; hier a vloit pour avoir des preunes pu groffes, qu'on les femi fu couche comme des Melons, je croy, Gueu me pardonne, qu'a me fera bentos planter des citroüilles en efpalier.

### ORONTE.

Elle n'eft pas raifonnable, mais laiffons cela, Lucas, parlons de marier ma fille, j'ay befoin là-def-fus de ton confeil.

### LUCAS.

Gnia pu de confeil dan ma tête, drès que j'ay difputé avec Madame, ça me met en friche moy & mon jardin, epi c'eft que a me vient de bailler mon congé.

### ORONTE.

Tu ne fortiras point, va, je te foutiendray.

### LUCAS.

Comment me fonquinriais - vou contr'ellé, qu'ou ne pouvé pas vous y fouteni vous-même, ne vou dis-je pas toujou qu'ous ere trop docile, drès qu'a veut queuque chofe, vous dite ouy, drès qua voy quou dite ouy , a dit non, & vou le dite itou , epi a redi ouy par controvarfe, & vou le voulez bian.

### ORONTE.

Que veux-tu, Lucas, j'aime ma femme, elle n'a point d'autre plaifir que de faire tout le contraire de ce que je veux , je luy laiffe cette petite fatisfaction-là.

### LUCAS.

Vou ly laifferiais donc itou la petite fatisfaction de..... fi c'étoit fon plaifir da ; mais gna rien à crainde , fon humeur eft tro reveche

pour ça : rantia, Monsieur, qu'en
cas de vôtre fille, si je n'étois pu
cian, comment feriais-vous ; car
gn'y a que moy qui a assé d'entende-
ment pour faire reviter l'esprit de
vote fame ; vous n'y entendérian-
vous ?

## ORONTE.

Je conviens que tu as plus d'ima-
gination que moy, & plus de bon
sens que bien des Philosophes qui
n'en ont point.

## LUCAS.

Tené, Monsieur, li a des Pai-
sans qui ont la Philosophie d'avoir
de l'esprit en argent, ma Philosophie à moy, c'est de gouvarner
la vie du monde par mon mequé de
Jardinier ; vou ulé marier vote
fille, par parentese ; vou ne sçavé
ce qui en sera ; mais moy j'ay vû
tou ça dans mon jardinage ; car j'ay
di, quand Madame vient dans mon
jardin, & qu'al voit qu'eun abre

est d'humeur à profiter au soleil, a le plante à lombre. O, si, a voit que sa fille est d'humeur à profiter en mariage, a la plantera dans un Couvent.

## ORONTE.

Tu me l'as fort bien dit, si ma fille veut être mariée, il ne faut pas qu'elle fasse mine d'y penser, ni moy non plus.

## LUCAS.

Madame m'a voulu faire jaser là-dessus ; mais Lucas, m'a-t-elle dit, que que tu pense de ce Mariage-là ? Je n'en sçay rian, Madame. Mai, ma fille, par-cy ; Neant. Mais, mon mari par-là, Motus ; & parce qu'al a vû que je ne l'y baillois pas de quoy contredire, c'est pour ça qu'a m'a chassé, mais ce ne fera rien ; car a me chasse comme ça tou les jours, & j'ay des finesses pour qu'a me reflate par conterdition. La vla qui vient dans stalée-cy ; laisse-moy me racomoder tout feul.

### ORONTE.
Je vais t'attendre fous ce berceau.

SCENE II.

### LUCAS *feul.*

JE ferois morgué bien fâché de quitter ce Bourgeois-cy, fa Bour-
geoiferie eft pu argenteufe que ben des Gentilhomeries que li a.

## SCENE III.

### LUCAS. Mᶜ ORONTE.

### Mᶜ ORONTE.

VEnez-vous de vous mettre fous a protection de mon Mari ?

Il peut m'ordonner de vous garder
ceans ; mais à coup feur je ne luy
obeiray pas. Allons , vîte , venez
me rendre les clefs , & que je vous
paye vos gages.

LUCAS.

( *D'un ton pleureur.* ) Je fuis bien fâché de vous quitter. ( *Il fe retourne
pour rire.* Ha , ha , ha , ha !

Me ORONTE.

Vous riez , je crois ,

LUCAS.

( *Il pleure.* ) Cela m'aflige ( *Il rit
en fe retournant.* ) Ha, ha , ha !

Me ORONTE.

Qu'eft-ce à dire donc ?

LUCAS.

Rien , rien , ( *il reitere fouvent* )
Ha, ha, ha . . . . . . [ *trifte* ] ça, Madame , je vas vous rendre vos clefs.

Me ORONTE.

Je veux fçavoir de quoy vous riez.

LUCAS, *ne fe cachant plus pour
rire.*

Ha, ha, ha, ha ! je ne peu pu me retenir, aussi ben me vla tou chassé, je ne vou crain pu. Ha, ha, je riois deun drole de tour que je vous ay fait. Ha, ha, tou franc c'est que comme li a lon-temps que je sis las de vote humeur acariate, & que je veux vous planté là, j'ay di à par moy : si Madame voit que je veux mon congé, a ne sera pas de stavis-là, si je veux être payé de mes gages, a me les requindra pour n'ete pas de mon opignion : ô faut mieux que je la fâche, afin qu'a me chasse par elle-même.

### Me ORONTE.

Quoy ! afin que je vous chasse.

### LUCAS.

Je vous ay fai eune querelle ; ha, ha.... mais je vas vous bailler vos clefs.

### Me ORONTE.

Ouy, pour me faire piece vous avez resolu de me laisser tout d'un coup sans Jardinier.

### LUCAS.

C'est pour ça que je m'en vas.

### M ORONTE.

Vous vous en irez quand j'en auray un autre.

### LUCAS.

Ce sera dés tout-à-l'heure.

### Me ORONTE.

Vous attendrez au moins jusqu'à
demain.

### LUCAS.

Demain vous ne seriais pu en train
de me chasser, je veux vous quitter.

### Me ORONTE.

O ! il ne sera pas dit que je seray
vôtre dupe; vous voulez me quitter,
& moy je ne veux pas que vous me
quittiez.         LUCAS.

On ne requint poin les gens
malgré eux, & vous éte d'eun humeur....

### Me ORONTE.

Oüais, mon humeur est donc bien
terrible!         LUCAS,

## LUCAS.

Tanquia que j'en soufre tro.

## Me ORONTE.

Suis-je si méchante dans le fond ?

## LUCAS.

Morgué nani, je sçay bian que ce n'est pas par malice qu'ou faite endever tout le monde , mais c'est que vote volonté est du naturel des Hiboux , a ne va jamais de compagnée avec la volonté des autres.

## Me ORONTE.

C'est une étrange chose que la prevention ; car il n'y a gueres de femme qui contredise moins que moy.

## LUCAS.

Gn'en a guere , c'est vray.

## Me ORONTE.

Je ne contredis jamais, à le bien prendre ; mais c'est que je n'aime point qu'on me contredise ; par exemple , je me suis fâchée contre toy pour ton obstination , pour-

quoi t'obstines-tu à me cacher ce que
je veux découvrir? Ne sçai-je pas que
tu es le conseil , l'oracle de mon
mari ? Il t'a fait confidence sans doute du dessein qu'il a pour Angelique.

### LUCAS.

He ! il m'en a dit queuque petite
chose.

### Mᶜ ORONTE.

Ha , voila parler cela.

### LUCAS.

Je me doute ben itou de la pensée
de Mademoiselle Angelique.

### Mᶜ ORONTE.

Oüy ?

### LUCAS.

Je sçay ben encore mon avis à
moy su tou ça.

### Mᶜ ORONTE.

Hé bien Lucas ?

### LUCAS.

Mais ni de ma pensée ni de celle
de Mr, ni de celle de votᵉ fille , je

ne vous en diray non pu qu'il en pleur.

## Me ORONTE.
Lucas, je t'en prie, dis-moy...

## LUCAS.

Vou n'en sçaurais rain vou di-je, car je vou vois veni, vous éte tantos su le oüy, tantos su le non. Je la marieray, je ne la marieray pas, qu'en dit-il, qu'en dit-elle, & tou ça jusqu'a ce qu'ou voyais tou les chemins que les autres enfilerons, pour en prendre eun tout de guin-goüois qui ne ravienne à pas eun de ceux-là.

## Me ORONTE.

Au contraire, je suis toûjours dans le bon chemin, & chacun se détourne de moy par malice; en un mot, je sçais qu'on a ceans quelque dessein contraire au mien : mais j'aperçois ma fille, il faut que je luy reparle encore. Hola, Angelique, hola, venez un peu icy.

B ij

### LUCAS à part.

Alon retrouvé Monsieur sou le berciau.

---

## SCENE III.

### M^e ORONTE. ANGELIQUE.

*( M^e Oronte se promene inquiete. )*

### ANGELIQUE.

Que souhaitez-vous de moy, ma mere?

### Me ORONTE.

Vous parler encore ma fille.

### ANGELIQUE.

Me voila prête à vous écouter.

### Me ORONTE.

J'ay tous les sujets du monde de me plaindre de vous, car vous n'êtes qu'une dissimulée ; mais je suis bonne & raisonnable, & avant que de disposer de vous de maniere ou d'autre, je veux bien encore consulter vôtre inclination ; parlez-moy donc sincerement une fois en vôtre vie, voulez vous être mariée ou non ?

### ANGELIQUE.

Je vous ay déja dit, ma mere, que je ne dois point avoir de volonté.

### Me ORONTE.

Vous en avez pourtant, avoüez-le-moi ; je n'ay en vuë que vôtre satisfaction, ouvrez-moy vôtre cœur; là, parlez naturellement, vous imaginez-vous que le mariage puisse rendre une fille heureuse?

### ANGELIQUE.

Je vois quelques femmes qui se loüent de leur état.

### Me ORONTE.

Ah ! je commence à vous entendre.

### ANGELIQUE.

Mais j'en vois beaucoup qui s'en plaignent.

### Me ORONTE.

Je ne vous entens plus : dites-moy
un peu, vous avez vû cette nouvelle
mariée, qui va de porte en porte se
faire aplaudir du choix qu'elle a fait;
écoutez-vous ses discours avec plaisir?

### ANGELIQUE.

Ouy vrayement, ma mere.

### Me ORONTE.

Vous souhaitez donc d'être mariée?

### ANGELIQUE.

Point du tout ; car cette femme
vint hier affliger par ses plaintes la
même assemblée qu'elle avoit fati-
guée l'autre jour par l'éloge de son
époux.

### Me ORONTE.

C'est-à-dire que vous ne voulez
point risquer de prendre un mari.

### ANGELIQUE.

Je ne dis pas cela, ma mere.

### Me ORONTE.

Que dites-vous donc ? Car enfin

vous envifagez le mariage , ou comme un bien , ou comme un mal ; ou
vous le fouhaitez , ou vous le craignez.

### ANGELIQUE.

Je ne le fouhaite ni ne le crains ; je
n'ay fait la - deffus que de fimples re-
flexions , fur lefquelles je n'ay pris
aucun parti , les raifons pour & contre me paroiffent à peu prés égales ;
c'eft ce qui a fufpendu mon choix
jufqu'à prefent.

### Mᶜ ORONTE.

Oh!cette fufpenfion commence à
m'impatienter , & vous avez trop
d'efprit pour refter dans une fituation
fi indolente.

### ANGELIQUE.

C'eft la fituation où une fille doit
être , afin que fa mere puiffe la dé-
terminer fans peine.

### Mᶜ ORONTE.

Mais fi je vous determinois au mariage.

### ANGELIQUE.

Mes raisons pour le mariage deviendroient les plus fortes; car la raison du devoir me feroit oublier toutes les raisons contraires.

### Mᶜ ORONTE.

Et si je vous determine à rester fille?

### ANGELIQUE.

Pour lors les raisons pour le mariage me paroîtront les meilleures.

### Mᶜ ORONTE.

Quels discours! quel travers d'esprit! je ny puis plus tenir. Quoi! il sera dit que je n'auray pas le plaisir de demesler vôtre inclination?

### ANGELIQUE.

Mon inclination est de suivre la vôtre.

### Mᶜ ORONTE.

Elle n'en demordra pas, non...

### ANGELIQUE.

Je vous obeïray jusqu'à la mort.

## Mᵉ ORONTE.

Quelle obstination ! quel acharnement !

## ANGELIQUE.

Ce n'est point par obstination.

## Mᵉ ORONTE.

Quoy, vous me contredirez sans cesse ?

## ANGELIQUE.

Vouloir tout ce que vous voulez, est-ce vous contredire ?

## Mᵉ ORONTE.

Ouy, ouy, ouy, car je veux que vous ayez une volonté, & vous n'en voulez point avoir.

## ANGELIQUE.

Mais, ma mere...

## Mᵉ ORONTE.

Vous me poussez à bout, taisez-vous. On dira encore que j'ay tort ; cependant c'est vous, ouy, c'est vôtre esprit qu'on peut apeller vraiement un esprit de contradiction ; je ne puis plus vivre avec vous : une fille comme cela est un vray fleau domestique, je veux m'en defaire absolument. Ouy, Mademoiselle, je vous marieray dés-aujourd'huy, voila deux partis qui se presentent, Valere d'un côté, Monsieur Thibaudois de l'autre; je ne vous feray pas l'honneur non de vous donner le choix, vous épouserez celuy des deux que je jugeray à propos. Je vais pourtant consulter encore vôtre pere; si ses idées sont raisonnables, j'y donneray les mains, mais si elles ne le sont pas, hon !

## SCENE IV.

### ANGELIQUE *seule*.

Quelle violence il faut que je me fasse ? sincere comme je la suis naturellement, d'être contrainte à dissimuler avec tout le monde. Cependant je n'ose me confier à personne, dans la situation où je vois les choses.

## SCENE V.

### ANGELIQUE, VALERE.

**VALERE** *agité & d'un air emporté.*

ME voici encore, Mademoiselle, & j'ay resolu de ne point retourner à Paris que vous ne vous soyez expliquée avec moy. Je vous l'avouë, vos manieres ont mis ma patience à bout ; je suis outré, non, je ne me possede plus, quand je pense que depuis le temps que je viens ceans, ny mon amour, ny mon respect, ny mes prieres, ny mes reproches, n'ont encore pu vous arracher une seule parole, sur quoy je puisse tabler..... Quand je vous parle de la plus violente passion qui fut jamais, vous m'écoutez avec une tranquilité, une indolence incomprehensible: car enfin on témoigne aux gens ou de la reconnoissance ou du mépris, ou de la pitié, ou de la colere. Juste ciel! que dois-je donc juger d'un silence si obstiné!

### ANGELIQUE.

Vous devez juger que je suis prudente, & rien plus.

### VALERE.

Mais enfin approuvez-vous mon amour, ou si vous le condamnez?

### ANGELIQUE.

Je n'en sçais rien.

### VALERE.

Quoy, toûjours sur le même ton?

### ANGELIQUE,

Vous ne vous êtes point encore aperceu que j'eusse aucune inclination pour vous? N'est ce pas?

### VALERE

### VALERE.

C'est ce qui me desole.

### ANGELIQUE.

Vous n'avez pas remarqué non plus que j'aye de l'aversion.

### VALERE.

Non vrayment, mais cela ne suffit pas.

### ANGELIQUE.

Cela suffit pour moy, car j'ay interêt d'être impenetrable à vôtre curiosité ; ne vous ay-je pas dit déja, que j'ay formé certain projet pour mon établissement , & que suivant ce projet , il ne faut pas que ma mere sçache, si je vous aime , ou si j'en aime un autre : il faut que mon pere l'ignore aussi , & par consequent, que vous l'ignoriez vous-même: car si vous le sçaviez , mon pere , ma mere, & tous ceux qui vous voyent, en seroient bien-tôt instruits.

### VALERE.

Vous me croyez donc bien indiscret.

C

### ANGELIQUE.

Non, mais vôtre vivacité vous tient lieu d'indiscretion.

### VALERE *d'un air fort tranquille.*

Je sçai moderer cette vivacité, par exemple au moment que je vous parle je me possede plus que vous ne pensez, & je vous jure qu'un mot d'éclaircissement, ouy un seul mot de vôtre bouche va me rendre aussi tranquille que vous.

### ANGELIQUE.

Mais si ce mot étoit que je n'ay nul dessein de vous épouser.

### VALERE *s'emportant.*

Ah ! c'est ce que vous n'osez me dire, qu'entens-je ? juste ciel!

### ANGELIQUE.

Vous n'êtes pas tranquille, le seriez-vous davantage si je vous promettois de n'être jamais à d'autre qu'à vous.

### VALERE *transporté de joye.*

Si vous me le promettiés, ah ! j'en

mourrois de plaiſir , ouy , mon bonheur ſeroit ſi grand!

### ANGELIQUE.

Que vous iriez le publier auſſi-tôt,
voila comment vos tranſports de
joye , ou vos deſeſpoirs outrez pour-
roient divulguer mon ſecret ; & dés
que ma mere ſçauroit le choix que je
veux faire, elle en feroit un contraire à coup ſeur ; ainſi trouvez bon
que je vous laiſſe ignorer mes deſ-
ſeins.

### VALERE.

Je ne les ignore plus, ingrate, & puis
qu'il faut vous le dire, je viens d'a-
prendre ceans que vous épouſez
aujourd'hui Monſieur Thibaudois.

### ANGELIQUE.

Cela pourroit être.

### VALERE.

C'eſt pour cela que je ſuis revenu
ſur mes pas.

### ANGELIQUE.

He bien , retournez-vous-en.

### VALERE.

Et c'est ce qui m'a fait compren-
dre toute vôtre politique, je vois que
vous m'avez menagé jusqu'à present,
parce que je suis ami de vôtre mere ;
vous craignez qu'irrité par vos re-
fus, je n'empêche ce mariage.

### ANGELIQUE.

Empêcher ce mariage ! Je vous
crois trop galant homme pour empêcher un établissement avantageux
pour moy.

### VALERE.

Non, cruelle, non, ne craignez rien,
si vous pouvez être heureuse avec un
autre, j'en mourray de douleur ; mais
je ne m'y opposeray point.

### ANGELIQUE.

Vous pourriez traverser mes des-
seins, mais s'il est vray que je n'ay
point d'inclination pour vous, vous ne
la ferez pas venir à force de me cha-
griner ; prenez donc le parti qui me
convient, ne voyez aujourd'huy ny

mon pere ny ma mere , je vous ay défendu de paroître icy , retirez-vous, je vous prie.

### VALERE.

J'obeïs aveuglément , mais si vous me trompés....

### ANGELIQUE.

Je ne vous tromperay point , car je ne vous promets rien.

### VALERE.

Si vous me trompez vous êtes la plus cruelle, la plus....

### ANGELIQUE.

O pour me dire des injures attendez que je les aye meritées; je les meriteray peut-être bien-tôt , ne vous impatientez point.

### VALERE.

Quoy ! vous pourriez...

### ANGELIQUE.

Voila mon pere, partez vite.

# SCENE VI.

## ANGELIQUE, ORONTE.

### ORONTE.

Réjoüis-toy, ma fille, réjoüis-
toy, tu seras mariée selon mes
desirs, je triomphe, & je l'empor-
teray enfin sur ma femme.

### ANGELIQUE.

Ah, mon Pere, je crains bien.

### ORONTE.

Je l'en porteray, te dis-je, car elle
vient de me proposer d'elle-même
ce que je veux, & je n'ay pas fait
mine de le souhaiter, de peur qu'elle ne change de dessein.

### ANGELIQUE.

Si la pensée est venuë d'elle, l'e-
xecution suivra bien-tôt,

## ORONTE.

Oüi , ma fille , les gros biens de
Monsieur Thibaudois plaisent à ma
femme comme à moy. En effet , un
riche negociant est un tresor pour
une fille comme toy qui n'a pas d'a-
mourette en tête. À la verité Monsieur Thibaudois est un peu rustique,
un peu grossier , mais il est franc.

## ANGÉLIQUE.

Je pardonne la grossiereté en fa-
veur de la franchise.

## ORONTE.

On trouve qu'il n'a point d'esprit,
je trouve moy qu'il en auroit beaucoup, s'il pouvoit seulement se desa-
coutumer , de dire à tort & à travers des choses où il n'y a ni rime ni
raison. Il a encore une autre mauvaise
habitude, c'est de tutaïer tout le monde ; il tutaye jusqu'à des femmes
qu'il n'aura jamais vûës.

## SCENE VII.

### ANGELIQUE, ORONTE, MONSIEUR THIBAUDOIS.

**THIBAUDOIS** *étalant une grande veste dorée, parements larges, gros ventre, & les deux mains pleines de grosses bagues dans tous les doigts.*

Heben, voisin, heben, heben, ta femme dit donc que.... mais que dit-elle donc cette femme, ha te voilà, roy fille, heben, heben qu quand épouserons-nous?

### ANGELIQUE

Je ne sçais.

**ORONTE.**

Cela n'est pas encore fait.

**THIBAUDOIS.**

Sifait, sifait, c'est fait, oüi, oüi,
va, Angelique, je te baille ma foy.
Quin vla des bagues à mes doigts
prends la plus grosse.

**ANGELIQUE.**

Nous n'en sommes pas encore là.

**ORONTE.**

Il faut que nous deliberions.

**THIBAUDOIS.**

Deliberons, deliberons.

**ANGELIQUE.**

Il faut prendre des mesures.

**THIBAUDOIS** *prenant les mains*
*d'Angelique.*

Prenons, prenons...

**ANGELIQUE.**

Pendant que vous deliberez, il est
à propos que je me tienne auprés de
ma mere.

**ORONTE.**

Va vite, nous n'avons point de

temps à perdre.

### THIBAUDOIS.

Cela presse, oüi, attens, attens,
je veux te voir encore, cela m'égaye,
parlons de choses & d'autres, conte
moy un peu.

### ANGELIQUE.

Que voulez-vous que je vous conte ?

### THIBAUDOIS.

Mais conte-moy, conte... tu es
bien gentille dea, conte-moy un peu
ça...

### ANGELIQUE.
Il est temps que j'aille.
### THIBAUDOIS *la tenant toûjours*
*par le bras.*

Ho je veux que tu me conte, heben je t'aime de tout mon cœur dea,
conte moy un peu ça.

### ANGELIQUE.
Vous m'aimez, je vous en suis
obligée, voilà le conte fini.

## THIBAUDOIS.

Voila le conte fini , heben comment fais-tu ce conte-là, conte-moy donc...

**ORONTE** *ôtant la main de Thibaudois de celle d'Angelique.*

O laissez-la aller , il ne faut pas que sa mere la voye avec vous.

## THIBAUDOIS.

Va donc , va ma fille , dépêchetoy d'être ma femme.

# SCENE VIII.

## ORONTE , THIBAUDOIS.

## ORONTE.

C,A raisonnons un peu sur la maniere dont nous nous y prendrons pour tourner l'esprit de ma

femme ; car c'est la grande difficul-
té de nôtre affaire.

### THIBAUDOIS.

N'y-t-il que cela qui t'embarasse ?

### ORONTE.

Non vraiment ; car....

### THIBAUDOIS.

Cela ne m'embarasse point moy.

### ORONTE.

Avez vous quelque expedient pour
faire que....

### THIBAUDOIS.

Oüi, oüi, va, je feray cela ; dis-
moy comment vas-tu faire?

### ORONTE.

C'est ce qui m'embarasse , vous-
dis-je.

### THIBAUDOIS.

Tu tu tu es un pauvre genie ;
gn'y a rien de si aisé.

### ORONTE.

Instruisez-moy donc.

### THIBAUDOIS.

Rien de si aisé ; car enfin comment t'y prendras-tu?

### ORONTE.

Je n'en sçais rien.

### THIBAUDOIS.

Mais, mais, mais, ni moy non plus ; car c'est une terrible femme que l'esprit de ta femme.

### ORONTE.

Je vois bien que nous sommes aussi habiles l'un que l'autre pour imaginer ; mais par bonheur, j'ay un Jardinier à qui il vient les meilleures pensées du monde, c'est une bonne tête.

### THIBAUDOIS.

J'ay de la tête aussi moy, fais venir l'homme nous imaginerons.

### ORONTE.

Le voicy.

D

## SCENE IX.

## ORONTE, THIBAUDOIS, LUCAS.

### ORONTE.

HE bien, Lucas , rêve-tu à notre affaire, as-tu fait réflexion sur ce que je t'ay dit ?

### LUCAS.

Chut.

### ORONTE.

Chut.

### THIBAUDOIS.

Chut.

### LUCAS.

Monsieu que vla, veut bain de Mademoiselle Angelique , a veut ben de ly , Madame le veu ben , vou le

voulé ben , & moy itou, vla ques
don fait.

### THIBAUDOIS.
Vla ques donc fait ?

### LUCAS.
Je di que ça n'eſt pas fait , car drés
qua vera , que je le voulons tretous,
a ne le voudra pu elle.

### ORONTE.
Voila le mal.

### THIBAUDOIS.
Voila le mal.

### LUCAS.
O ! je vous demande ſi. . . .

### ORONTE.
Aſſûrément.

### THIBAUDOIS.
Belle demande?

### LUCAS.
Je vou demande don , ſi ne faurai
pas que je fiſſions là . . comme ſi. . .

### THIBAUDOIS.
C'eſt bien penſe cela.

D ij

### ORONTE.

Fort-bien , Lucas.

### THIBAUDOIS.

C'eſt mon avis.

### LUCAS.

Vla de biaux avis qu'ous avé-là,
fau vous faire Conſeillé de Village,
vous opinerais par écho ; je dis-don
moy , que la volonté de votre fame,
eſt comme eune giroite , qui vou-
droit toujou ſe torner à l'encontre
du vent , fau donc faire ſemblant
que le vent vient d'aval , pour qu'a
tourne d'amon ; ô ! l'y a deux
vents qui ſoufflons ſu Mademoiſelle
Angelique , Monſieur d'un côté ,
& ce Valere de l'autre , gna don
qu'à dire à votre fame , que c'eſt
Valere que nou voulons , & a nou
baillera ſti-cy par oppoſite ; vla ma
ſentence.

### ORONTE.

Voila le nœud.

## THIBAUDOIS.

Il y a cent écus pour Lucas, vla
le nœud.

## LUCAS.

Faut faire deux nœuds pour que ça
qienne, mais l'y a encore eune cere-
monie, pour mettre Madame ben
en humeur de s'oftiner à ça.

## ORONTE.

Nous prendrons le moment, nôtre Notaire a le mot, le Contrat eft
tout prêt.

## LUCAS.

Ouy, mais pour qu'a le fine ben
vîte, fau qu'a le fine de rage ; &
j'ay le fecret pour l'agacer, c'eft
comme quand a vient pour argoter
fur mon jardin, je fais femblant de
ne dire mot, je ratiffe ma bêche, a
s'oftine fu ma contenance, je fecoüe
la tête, a pren ça pour des parolles,
& a difpute contre ; le feu s'i boute,
& quan fa conterdition eft allumée,
fi vou l'y aliais foûtenir qu'al eft

honnête fame, a vou dirait, qu'ous
en avé menti ; mais la vla. Je vas
l'oftiner, epi vou viendrais tou d'un
coup l'y demander Valere.

## SCENE X.

### LUCAS. Mᶜ ORONTE.

### Mᶜ ORONTE.

TU étois là encore avec mon
mari, il t'a dit apparemment
lequel il veut choisir pour Gendre,
ou de Valere, ou de Monsieur Thibaudois que je luy ay propofé.

LUCAS *tournant fon chapeau.*
Hon.

### Mᶜ ORONTE.

Tu tourne ton chapeau, c'eft à
dire que mon mari n'eft pas de mon
avis.

## LUCAS *fecouë.*

Pra.

### Me ORONTE.

Monfieur Thibaudois , dis-tu ,
n'eft pas du goût de mon mari , & il
aimeroit mieux Valere.

### LUCAS.

Hé, hé, hé!

### Me ORONTE.

Parce qu'il eft plus jeune, n'eft-ce
pas qu'il plairoit davantage à ma
fille?

### LUCAS.

Hé ! mais.

### Me ORONTE.

Quoy , tu me foûtiendras qu'un
établiffement folide , que les gros
biens de Monfieur Thibaudois ne
font pas préferables?

### LUCAS.

Baon.

### Me ORONTE.

J'enrage quand j'entends raifon-
ner ainfi.

D iiij

### LUCAS.

Mais , mais , mais. . . .

### Me ORONTE.

Faux raisonnemens que tout cela.

### LUCAS , *frappant du pied.*

Morgué.

### Me ORONTE-

Et tout ce que tu me dis-là , c'est mon mari qui te le fait dire.

### LUCAS.

Palsangoy.

### Me ORONTE.

Ne voila-t-il pas mot pour mot tous ses discours ? O bien , je luy déclare que malgré luy. . . .

### LUCAS.

Ha. . . . . . .

### Me ORONTE.

Ouy , malgré luy , à sa barbe.

### LUCAS.

Pao.

### Me ORONTE.

Ouy. . . . . . il le prend sur ce ton là : ie luy feray bien voir. . . .

## LUCAS.

Pa ta ta.

## Me ORONTE.

Il verra fi je fuis la maîtreffe.

## LUCAS.

Prrr.. .-..

Me ORONTE *, parlant en elle-*
*même , comme fi*
*fon mari étoit près.*

O c'en eft trop , mon mari , vous
me contrecarrez , vous m infultez,
vous m'outragez.

*Lucas fait figne à Oronte*
*d'avancer , & il le met à fa*
*place à côté de Madame*
*Oronte , pendant qu'elle*
*parle feule.*

## SCENE XI.

## LUCAS, Me ORONTE,

*Me ORONTE à Oronte qu'elle*
*voit à la place*
*où étoit Lucas.*

Continuez Monsieur, continuez, Je voudrois bien sçavoir où vous prenez toutes les extravagances que vous venez de me dire.

### ORONTE.

Je n'ay encore rien dit.

### Me ORONTE.

Poursuivez donc, courage. Il faut être bien obstiné pour me soutenir...

### ORONTE.

Il est vrai que je venois pour vous parler.

, Me ORONTE.

Me soutenir sans raison, sans juge-
ment, que Mr Thibaudois ne convient pas à ma fille?

ORONTE *doucement.*

Valere pourtant....

Me ORONTE.

Ne me parlez pas davantage.

ORONTE *doucement.*

Je vous demande Valere ; & ...

Me ORONTE.

Non, Monsieur, Valere n'a que
faire de se presenter à moy.

ORONTE *en suppliant.*

Hé ! je vous prie, par complaisance pour moi....

Me ORONTE.

Dés demain je donne ma fille à
Mr Thibaudois.

ORONTE.

Mais la raison ?

Me ORONTE.

La raison est pour moy, & pour
preuve que j'ay raison, c'est que cela
sera comme je le veux, & dés au-

jourd'huy Mr Thibaudois est icy.
Tenez vous prest pour signer.

---

# SCENE XII.

## LUCAS, ORONTE.

### ORONTE.

HE bien ! n'ay-je pas tenu bon ?

#### LUCAS.

O parguenne pour cette fois-cy,
a fera vote volonté, & sera la pre-
miere fois de sa vie.

#### ORONTE.

Ç'à, le Notaire est-il arrivé ?

#### LUCAS.

Je m'en vas voir, & pi je revien-
drons encor crier que je voulons
Valere, afin qu'a sine vîtement pour
l'autre.

SCENE

## SCENE XIII.

### ORONTE, ANGELIQUE.

#### ORONTE.

NOus avons fait merveille, ma fille,

#### ANGELIQUE.

J'ay tout entendu, j'étois là sous ce berceau avec le Notaire; il vient d'arriver, il est temps qu'il paroisse.

#### ORONTE.

Je vais lui parler; va vîte rejoindre ta mere.

## SCENE XIV.

### ANGELIQUE

VOilà les choses au point où je
les souhaitois; & les mesures
que je prens, pourront réüssir. Exa-
minons ce que tout cecy deviendra.

## SCENE XV.

### Mᵉ ORONTE, LE LAQUAIS,

### Mᵉ ORONTE.

DIs-moy donc, mon enfant, de
quelle part m'apportes-tu ce
billet? A qui appartiens-tu ?

**LE LAQUAIS.**

On m'a défendu de vous dire tout
cela ; & afin que vous ne me faisiez
point parler malgré moy, je m'enfuis
au plus vîte.

## SCENE XVI.

### Me ORONTE.

Que veut dire ce mistere ? ( *elle
lit bas.* ) hon, hon, hon.....
Je vous donne avis que vôtre fille est
d'intelligence avec Monsieur Thibaudois, qu'elle veut épouser ; & pour
vous faire signer leur contract, ils ont
un Notaire en main, qui se doit trouver chez vous comme par hazard.
Justement, c'est ce Notaire que j'ay
vû là avec Angelique ; l'avis est bon.
En un mot vôtre mari doit feindre de
ne vouloir point de M. Thibaudois

afin que vous vous determinez pour
luy. Oüy! Mr Thibaudois est l'homme de mon mari.....

## SCENE XVII.

### Mr ORONTE, LUCAS.

#### LUCAS bas.

COurage, Monsieur, crions ben
fort que je ne voulons point
Mr Thibaudois, afin qua nous le
baille pu vite.

ORONTE à sa femme, en faisant
le faché.

Ecoutez, ma femme....

#### LUCAS.

Je vous disons donc que....

#### ORONTE.

Je veux bien que vous sçachiez
que......

## LUCAS.

Que je sommes vore mari.

## ORONTE.

Vous dites que vous voulez Mr
Thibaudois pour gendre, n'est-ce
pas ? Je vous dis moy, que ma fille
ne veut point de luy.

## LUCAS.

Al en en veut un pu delicat.

## Me ORONTE.

Ce n'est ny la volonté de ma fille,
ny la mienne, qui doit decider; c'est
la vôtre, mon mari, & là-dessus,
comme sur toute autre chose, vous
êtes le maître.

## LUCAS.

C'est moi itou qui trouve à propos
que....

## Me ORONTE.

Tu es homme de bon conseil, Lucas, j'écoute volontiers tes avis.

## ORONTE.

En un mot, ma femme, vous
m'avez proposé Mr Thibaudois,

& moy je n'en veux point.

### Me ORONTE.

Parlons avec douceur. J'aime la paix, & l'union, je feray ce qui vous fera le plus agreable.

### ORONTE

Ce qui m'est agreable, c'est de n'avoir point de complaisance là-dessus.

### Me ORONTE.

C'est à moy d'en avoir pour un mari que j'aime, & que je respecte.

### ORONTE.

Vous plaisantez, & je vous dis tres-serieusement que Mr Thibaudois n'est point de mon goût.

### Me ORONTE.

Vôtre goût determine le mien, & je ne pense plus à Monsieur Thibaudois.

### ORONTE *bas à Lucas.*

Lucas ?

### LUCAS.

Pouffons farme, c'est que la contredition n'eſt pas encore en branle.

### ORONTE.

Parlez donc, Madame, eſt-ce que vous vous moquez de moy ?

### Me ORONTE.

Mais pourquoy vous emporter, puiſque je vous donne ma parole ?

### LUCAS.

Bon ! votre parole, a va & vient comme l'air du temps.

### Me ORONTE.

Vous en allez voir l'execution.

### ORONTE.

Vous n'en ferez qu'à vôtre tête.

### Me ORONTE.

Pour vous prouver ma sincerité, & ma ſoumiſſion, je vais de ce pas défendre à Mr Thibaudois de mettre jamais le pied dans vôtre maiſon.

## SCENE XVIII.

### ORONTE, LUCAS.

### ORONTE.

JE crois qu'elle y va tout de bon : de quoy s'avise-t-elle d'être complaisante aujourd'huy?

### LUCAS.

Oüais, li-a de la leune la dedans.

### ORONTE.

Il faut être bien malheureux, la seule fois de sa vie qu'elle ne me contredit point, c'est pour me contredire.

### LUCAS.

A vous obeït, ça n'est pas naturel.

### ORONTE.

Je vais voir si c'est tout de bon, je ne sçaurois le croire.

## SCENE XIX.

### LUCAS.

HOn , fau que li ai la quelque chose , je me doute quasiment.

## SCENE XX.

### LUCAS. THIBAUDOIS.

### THIBAUDOIS.

HE bien ! hé bien Lucas , on va finer le contrat, c'est de l'argent qu'il faudra que je te baille.

### LUCAS.

On vous va baillé vote congé à vous , Madame vous cherche pour ça.

### THIBAUDOIS.

A ne veut point de moy , dis-tu?

### LUCAS.

Je m'en vas voir encore tou ça ,
moy-même , attendez-moy là.

## SCENE XXI.

### THIBAUDOIS.

J'Aime pourtant bien cette petite
Angelique : mais je me moque de
cela ; si je ne l'épouse pas , j'ay de
quoy en épouser quatre autres.

# SCENE XXII.

## THIBAUDOIS. ANGELIQUE.

*VALERE qui suit Angelique, pour examiner ses démarches.*

### THIBAUDOIS.

HE ben, hé ben, pauvre fille ; te voila mal, tu ne seras point mariée.

### ANGELIQUE.

Voila un fâcheux contre-temps.

### THIBAUDOIS.

Cela te fâche donc, j'en suis bien aise ; c'est que tu m'aimes, & c'est bien fait ; ne pleure point, va, ne pleure point, tu m'auras,

## ANGELIQUE.

Allez donc vous joindre à mon
pere, secondez-le bien, parlez ensemble à ma mere, priez-la, pres-
sez-la.

## THIBAUDOIS.

Quin, quin, voila ton autre
Amant qui nous écoute.

### ANGELIQUE *surprise & fâchée,* *se met à rêver.*

Hà ! vous êtes-là, Valere ?

## VALERE.

Ce que je viens d'entendre, ce
que vous m'avez dit tantôt, vôtre
affectation à me renvoyer, le Notaire que j'ay vû ; tout enfin me
prouve assez vôtre trahison ; mais
vous ne meritez pas que j'en sois assez touché pour vous la reprocher.
Je prends le party du mépris & du
silence. *Il éleve tout d'un coup sa*
*voix ;* N'attendez pas de moy, ni
des emportemens, ni des reproches,
ingrate ; non, perfide ! non, traî-
tresse….                            THI-

## THIBAUDOIS.

Appelle-tu cela des douceurs ?

## VALERE.

Juste ciel !

## THIBAUDOIS.

De quoy se plaint-il donc ? est-ce que tu luy as promis quelque chose?

ANGELIQUE *prenant son parti aprés avoir rêvé long-temps.*

Rien du tout, Mr Thibaudois : je voudrois bien sçavoir, Monsieur, de quel droit vous venez m'injurier? sur quoy, je vous prie, pouviez-vous fonder vos esperances ? premierement mon pere peut-il balancer, entre les richesses de Monsieur, & le peu de bien que vous avez?

THIBAUDOIS *montrant ses bagues.*

Qain, vois-tu la main que je luy baille, ces cinq doigts-là valent tous les contrats d'un Officier d'epée.

#### ANGELIQUE.

Pour moy, je prefere la bonne humeur de Monsieur, à ce serieux passionné dont vous ne sortez jamais.

#### THIBAUDOIS.

Fi, il est amoureux comme un Roman.

#### ANGELIQUE.

Ses bons mots me touchent plus que toutes vos mines de desesperé.

#### THIBAUDOIS.

Jay oüy dire que les femmes n'aiment point les affligez, il me fait pitié pourtant, va mon Capitaine, va. Pour te consoler je te préteray de l'argent.

#### VALERE.

Hé ! morbleu, Monsieur....

#### ANGELIQUE *prenant Valere par le bras.*

Vous allez vous emporter ; retirez-vous, je vous prie, je n'aime pas les emportez.

## THIBAUDOIS.

Hé, ni moy non plus; je vais rejoindre ton pere, *bas à Angelique*, défais-toy de cet homme-là, baille-luy son congé, & viens me retrouver.

## SCENE XXIII.

### ANGELIQUE. VALERE.

### VALERE.

VOtre procedé me paroît si outré, que je pourrois vous soupçonner de feindre : je ne m'en flatte pas ; mais enfin, s'il étoit vray que vous eussiez affecté de parler ainsi en presence de Monsieur Thibaudois... le voila parti, justifiez-vous.

# SCENE XXIV.

## ANGELIQUE. VALERE, Mᵉ ORONTE *à part*

### Mᵉ ORONTE.

MA Fille seule avec Valere!
#### VALERE.
Justifiez-vous donc, ou convenez que vous m'avez trahi ; parlez, nous sommes seuls.
#### ANGELIQUE.
Je vous parleray à vous-seul, comme je vous ay parlé en la presence de Monsieur Thibaudois. Mon pere veut que je l'épouse, & je vous déclare que j'en suis ravie.
#### VALERE.
O ! je ne puis plus me contenir ; plus de ménagemens, je vais trouver vôtre mere,

## ANGELIQUE.

Allez , Monſieur , allez ; vous pouvez luy dire , que je n'ay nulle inclination pour vous.

# SCENE XXV.

## VALERE Mᵉ ORONTE.
## ANGELIQUE.

### VALERE *appercevant.*

Madame , avez-vous entendu ? Je ſuis trahi , Madame , car enfin , il n'eſt plus temps de vous cacher mon amour pour une ingrate, vous voyez comme elle me traite.

### Mᵉ ORONTE.

Vous me faites compaſſion, Monſieur , voir la fille & le pere acharnez contre vous & contre moy ! j'entre dans vôtre ſituation , car je

F iij

me conforme volontiers aux senti-
mens des autres.

### VALERE.

Non, aprés le procedé d'Angelique, je ne veux jamais entendre parler d'elle.

### Me ORONTE.

Je vous l'avoüeray, je n'avois nulle
envie de vous proposer ma fille.

### VALERE.

Vous me la proposeriez en vain.

### Me ORONTE.

Mais pour vous prouver à vous
qui êtes un homme raisonnable, que
la raison seule me détermine ; Il me
prendroit envie de vous offrir....

### VALERE.

Je refuse vos offres, Madame, je
ne suis pas homme à violenter les
inclinations.

### Me ORONTE.

Que j'aurois de plaisir à vous ven-
ger de mon mari, de ma fille, de
tout le monde enfin ! car tout s'a-

corde pour me contredire ; je vous
prie, Monsieur…

### VALERE.

Il n'en sera rien.

### Me ORONTE.

Quoy ! vous me contredites aussi ?
ô ! je vous feray de si gros avanta-
ges , que je vous obligeray à épouser
ma fille.

### ANGELIQUE *s'avançant.*

Quoy ma mere, vous voudriez
m'engager malgré moy ?

### Me ORONTE.

Malgré vous, ma fille, ne vous
souvient-il plus que vous n'avez
point de volonté ?

### ANGELIQUE.

Helas ! quand je vous parlois ainsi
je ne parlois pas sincerement, pourquoy voulez-vous empêcher un riche établissement que je trouve avec
Mr Thibaudois ?

### Me ORONTE.

Monsieur a plus de bien que vous
n'en meritez.                    F iiij

ANGELIQUE *se jetant à genoux.*

Hé ! ma mere, je vous en conjure.

### Me ORONTE.

Taisez-vous, je sçai toutes vos menées, le Notaire m'a tout dit ; vouloir me trahir, m'exposer à faire la volonté d'un mari ! Pour vous punir je vous feray signer le même contract, que vous aviez fait dresser contre moy, je vais le faire remplir du nom de Valere.

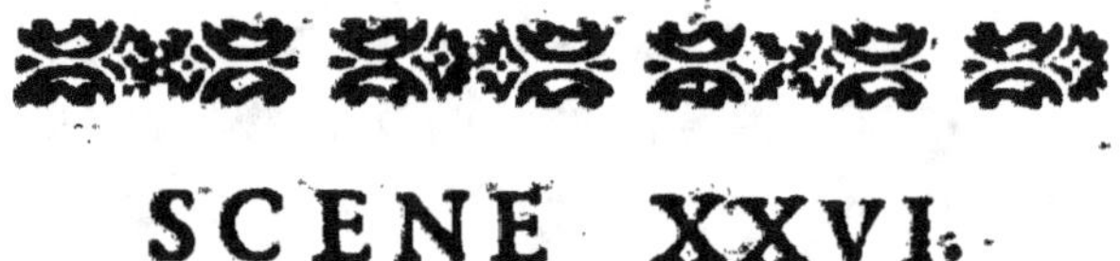

# SCENE XXVI.

## ANGELIQUE, VALERE.

## VALERE.

NOn, Madame, non, je ne signeray point, j'aimerois mieux mourir que d'épouser vôtre fille.

ANGELIQUE *imitant Valere.*

J'aimerois mieux mourir que d'é-
pouſer vôtre fille ! Vous prononcez
cela bien naturellement.

## VALERE.

Comme je le ſens, ingrate.

## ANGELIQUE.

Et comme je le ſouhaitois ; car
pour vous le faire prononcer d'un
ton à le perſuader à ma mere, il a
bien falu vous le faire ſentir vive-
ment ; vous ne l'auriez pas ſi bien
trompée, ſi je ne vous avois trompé
vous-même.

## VALERE.

Expliquez-vous ?

## ANGELIQUE.

Pour faire conſentir ma mere à ce
que je ſouhaitois, il a falu laiſſer auſſi
mon pere dans l'erreur, il a agi naturellement ; & quand j'ay vû qu'ils
étoient tous pour Mr Thibaudois,
j'en ay fait avertir ma mere, afin
qu'elle fût contre ; un billet incon-

nu l'a instruite du complot, c'est ce
billet qui a excité sa contradiction,
voyant tout le monde contre vous,
elle a pris vôtre parti, pour contredire tout le monde, & veut vous
contraindre à m'épouser, pour vous
contredire aussi.

### VALERE.

Ce que j'entens est-il bien vray ?
mon malheur m'accabloit, mon
bonheur m'éblouïr, je ne le vois pas
encore.

### ANGELIQUE,

Je voudrois que vous ne le vissiez
qu'aprés la signature. Je crains quelque transport de joïe indiscrete; non,
Valere, ne soyez point encore con-
vaincu que je vous aime.

**VALERE** *avec transport.*
Ah ! trop aimable Angelique !
### ANGELIQUE.
Quelqu'un vient, feignons encore,

# SCENE XXVII.

## ANGELIQUE, VALERE, LUCAS.

### ANGELIQUE.

NOn, Valere, non, je ne vous épouseray jamais malgré moy.

### LUCAS.

Non, morgué, ce ne seroit pas malgré vous ; car seroit de bon cœur qu'ou l'épouseriais, mais ça ne sera pas pourtant ; car je me sis douté qu'ou maniganciais l'amour ensemble, & que vous faisiais semblant de faire semblant. Vote mere aloi baillé la dedan, oüi, mais je l'ay averti qu'ou la trompiais.

### ANGELIQUE.

Ah Ciel !

### VALERE.

Malheureux que tu es !

#### LUCAS.

Sera pour vou le malheur, car
Madame va revouloir, ce qua vou-
loit, devan qua sceu, quou vouliais
ly faire vouloir ; tanquia que je ly ay
dit tout ça moy, car Mr Thibaudois
me baille cent écus.

#### VALERE.

Hé, Maraut, que ne m'en deman-
dois-tu deux cens ?

#### LUCAS.

Il n'est pu temps, Madame sçait
tout ; stanpendant si je voyois là vote argent, i ne seroit pu vray que
Madame sçait tout, car morgué a ne
sçait rien.

#### ANGELIQUE.

Ha, mon pauvre Lucas...

#### VALERE.

Tien, voila ma bourse.

#### LUCAS.

Et vla Madame qui revient, je
vas vous épauler.

SCENE

## SCENE XXVIII,

### ANGELIQUE. VALERE. LUCAS. Mc ORONTE. THIBAUDOIS.

#### LUCAS.

Vené don vite, Madame, vla des jeunes gens qui se querellom, vené vite les separer, je les ay trouvez qui se disiont rage, ils se disputiont tant, que j'ay crû qu'ils estoient déja mariez ensemble.

#### Mc ORONTE.

Revolter ma fille contre moy ! Il faut estre bien insolent. Vous voila encore ceans, Monsieur, sortez tout à l'heure.

#### THIBAUDOIS.

Va va, je suis plus complaisant que toy, tu me chasses, je m'en vas.

#### Me ORONTE.

Vous n'estes qu'un brutal.

#### THIBAUDOIS.

Adieu, Femme.

#### Me ORONTE.

Un beneſt, un ſot....

#### THIBAUDOIS.

Je n'ay jamais contredit perſonne.

# SCENE XXVIII.

## ANGELIQUE , VALERE, LUCAS, Me ORONTE, ORONTE, LE NOTAIRE.

#### ORONTE.

EN verité ma femme....

#### Me ORONTE.

Taiſes vous mon mari.

#### LE NOTAIRE.

Si j'oſois, Madame, vous repreſenter.

## Mᵉ ORONTE.

Je suis ravie que vous soyez aussi contre Valere, il ne manquoit plus que vous. Donnez ce contract, & que je commence par signer. *Elle signe.* Allons, Angelique, signez aprés moy, obeïssez.

## ANGELIQUE *en signant.*

Je ne seray pas mariée pour cela ; car mon pere ne veut pas signer.

## Mᵉ ORONTE.

Signez, Mr mon mari, signez, ou bien....

## ORONTE *en signant.*

Quand je signeray, cela ne fera rien, car vous ne ferez pas signer Valere de force.

## Mᵉ ORONTE.

Pour vous y obliger, Mr, j'ay fait mettre icy un mot de donation.

## VALERE *se jette tout d'un coup sur le contract & le signe.*

Hé ! je n'ay que faire de vôtre

donation, fuyez, Monſieur, emportez vîte la minute, de peur que Madame ne ſe dediſe.

**LE NOTAIRE** *s'en allant.*
L'affaire eſt conſommée.

## SCENE XXIX.

### VALERE, ANGELIQUE, LUCAS, ORONTE, Me ORONTE.

**Me ORONTE.**
QUe veut dire cela ?
**LUCAS.**
Je vous avois ben di, Madame, qui
s'aimiont l'un l'autre.
**ORONTE.**
Je ne voulois que la marier, n'im-
porte auquel.
**Me ORONTE.**
Ah ! je ſuis trahie ?

## ANGELIQUE.

Je me jette à vos pieds, ma mere.

## VALERE.

Mille pardons, Madame.

## Me ORONTE.

Je ne le pardonneray de ma vie.

## ORONTE.

Vous avez signé.

## Me ORONTE.

Oüy, mais je désherite ma fille ;
je ne veux jamais voir mon gendre ;
je me separe d'avec mon mari, je
feray pendre le Notaire & Lucas, je
suis desesperée.  *elle s'enfuit.*

## VALERE.

Nous la ferons revenir à force de
soumissions.

## ORONTE.

Voilà ce qui s'appelle l'esprit de
contradiction.

### FIN.